Molina, Alicia
    Una tarde en el parque / Alicia Molina ; ilus. de Jazmín
Velasco. – México : Ediciones SM, 2012
36 p. : il. ; 19 x 15 cm. – (El barco de vapor. Los piratas ; 21
M)

ISBN : 978-607-24-0589-9

1. Cuentos infantiles. 2. Juegos infantiles – Literatura
mexicana. 3. Imaginación – Literatura mexicana. I. Velasco,
Jazmín, il. II. t. III. Ser.

Dewey 863 M65

Coordinación editorial: Laura Lecuona
Edición: Federico Ponce de León
Diagramación: Juan José Colsa

Primera edición, 2012
D. R. © SM de Ediciones, S. A. de C. V., 2012
Magdalena 211, Colonia del Valle,
03100, México, D. F.
Tel.: (55) 1087 8400
Para conocer SM, su fondo editorial y sus servicios: www.ediciones-sm.com.mx
Para andar entre, hacia y con los libros: www.andalia.com.mx
Para comprar libros de SM en línea: www.libreriasm.com

ISBN 978-607-24-0589-9
ISBN 978-970-688-942-3 de la colección Los Piratas de El Barco de Vapor
Miembro de la Cámara Nacional de la Industria Editorial Mexicana
Registro número 2830

Impreso en México / *Printed in Mexico*

Una tarde el parque

Alicia Molina / Jazmín Velasco

ediciones **sm**

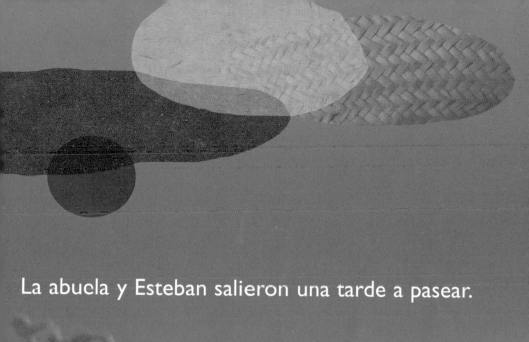

La abuela y Esteban salieron una tarde a pasear.

La abuela se puso a leer

y Esteban se encontró un palo.

¿Un palo?

¿O un bat?

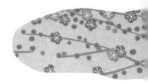

Una espada.

Una batuta.

Una flauta.

Una pértiga.

Un lápiz.

Una lanza.

Un sable.

Un puente, un bastón, un amigo flaco.

Un noble caballo. Un cetro.

Una varita mágica.

Una garrocha.

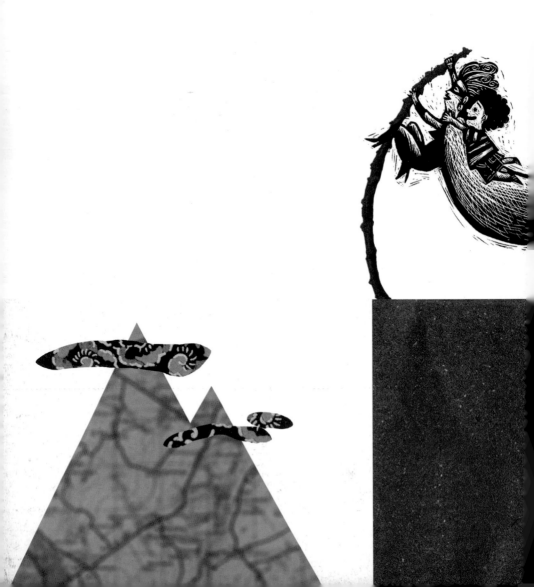

Una cerbatana.

Una estaca.

Llegó la hora de volver a casa.

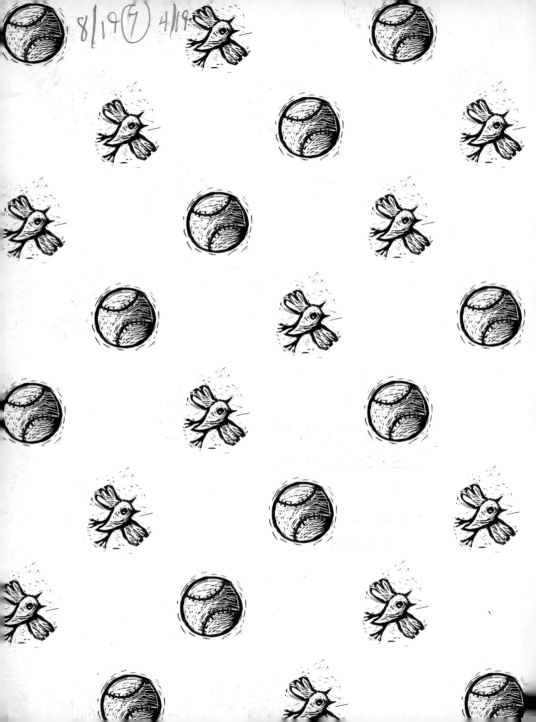